东方神画·极地美术教材

水粉课堂

辽 宁 美 术 出 版 社

中国极地美术教育系列丛书
主　编：刘芯芯
极地美术教育研究工作室编著

图书在版编目（CIP）数据

极地水粉课堂.少儿部分.5～10岁.2/刘芯芯编著.沈阳：辽宁美术出版社，2004(2007.10重印)
ISBN 978-7-5314-3228-9

Ⅰ.极… Ⅱ.刘… Ⅲ.水粉画－技法(美术)－教材 Ⅳ.J215

中国版本图书馆CIP数据核字(2004)第136720号

出 版 者：辽宁美术出版社
（地址：沈阳市和平区民族北街29号　邮编：110001）
印 刷 者：沈阳市佳麟彩印厂
发 行 者：辽宁美术出版社
开　　本：889mm×1194mm　1/12
印　　张：7
字　　数：8千字
印　　数：8001－10000册
出版时间：2005年2月第1版
印刷时间：2007年10月第4次印刷
责任编辑：方　伟
封面设计：于洪波
版式设计：于洪波
责任校对：张亚迪
书　　号：ISBN 978-7-5314-3228-9
定　　价：39.00元
邮购电话：024-23414948
E-mail:lnmscbs@mail.lnpgc.com
http://www.lnpgc.com.cn

中国极地美术教育

极地美术书法学校是由著名美术教育专家刘芯芯2000年创办，至 2003 年发展成颇具规模的美术教育培训机构。

几年来，刘芯芯和极地一批年轻的美术工作者们，在大量的教学实践中，探索出一套极具特色且行之有效的教学体系，极地人愿将这些在实践中研究出的教学成果与国内外同行们共同分享，进而推动美术教育事业的广泛发展。

极地的崛起有赖于极地人对美术教育的挚爱和不断创新的进取精神。极地教师特别注重培养学生的观察力及表现力，想像力与创造力，极地所设置的系统课程已被实践验证是行之有效的，因此极地的学生思维活跃，乐于创作，动手能力及绘画表现能力出类拔萃，是同龄孩子中的佼佼者。

东方神画 · 极地美术学校

沈河校区
地址：沈阳市沈河区万寿寺街20—1号
和平校区
地址：沈阳市和平区和平北大街166号
铁西校区
址址：沈阳市铁西区沈辽东路17号
皇姑校区
地址：沈阳市皇姑区黄河南大街41号
大东校区
地址：沈阳市大东区东顺城街152号
文艺路校区
地址：沈阳市沈河区文艺路86号
网址：www.pfaedu.com

1．色相： 指色彩的相貌，是区别色彩种类的名称，色彩所显现的颜色为色相。如：白色、红色、绿色等。

2．冷暖： 色彩给人的冷暖感受为色彩的冷暖。其中给人以冷的感受为冷色，如蓝色；给人以温暖的感受为暖色，如红色。

3．色调： 两种或多种颜色组合在一起后形成新的色彩倾向为色调。

A.绿色调

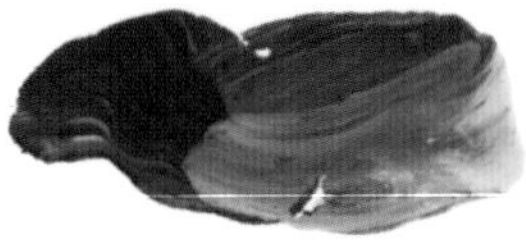

B.蓝色调

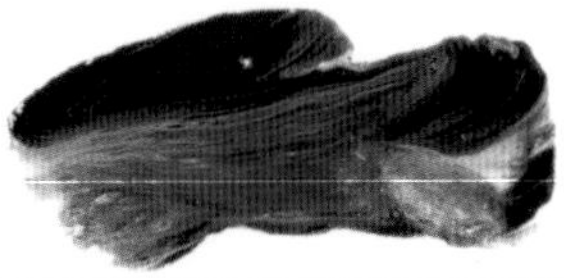

C.红色调

4．色彩的三原色：

A.黄

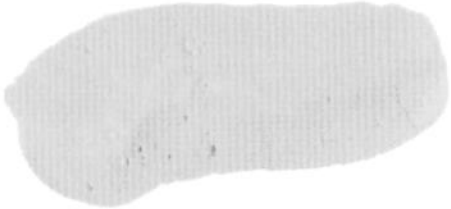

B.红

C.蓝

三原色两两相调和为间色：

A.黄加红为桔黄色

B.黄加蓝为绿色

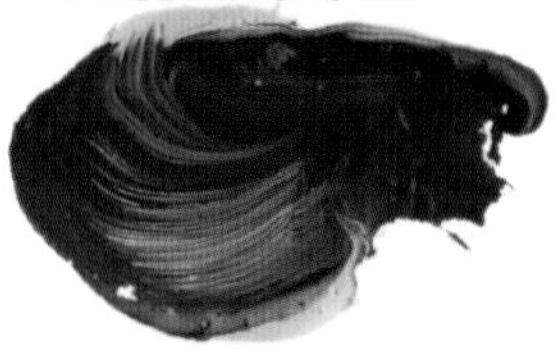

C.红加蓝为紫色

5．明度： 色彩的明亮程度为明度。一般情况下，黑白可调节明度的变化。明度有同一色调的明度变化，也有不同色调的明度变化。

A.加白的明度变化

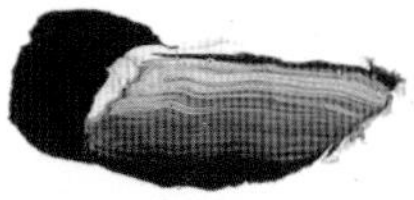

B.加黑的明度变化

C.同一色调的明度变化

D.不同色调的明度变化

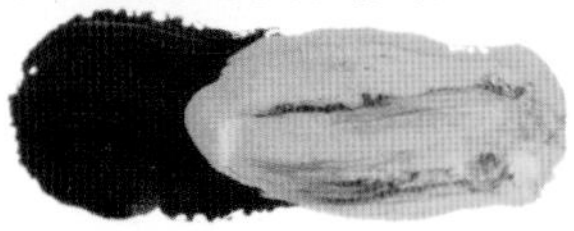

6．纯度： 色彩的饱和程度为色彩的纯度。

7．对比： 色彩的反差为色彩的对比，两个对比颜色为对比色。

A.红与绿

B.黄与蓝

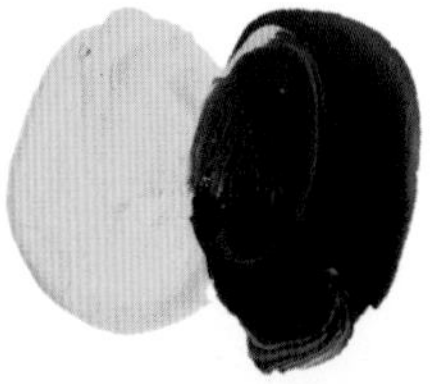

C.黑与白

美术教育

材料与技法部分

水粉画的颜料：水粉颜料，宣传色，广告色。
水粉画的特点：用水调和，使用方便，颜料能调出丰富的色彩，既具有油画的可涂改遮盖的特性，也能画出水彩画透明的效果。
调色盒、调色盘：选用陶瓷或塑料材质的白色制品，容易清洗。
笔：用质量好一点的水粉笔，大中小号要齐全。有时甚至需要两套笔，使用时更方便。另外还要准备一支小叶筋笔，刻画细节时使用。
画纸：用有一定厚度的纸，如厚的素描纸，厚的图画纸，厚的水彩纸，建议初学者不要用麻纹太大的水粉纸。

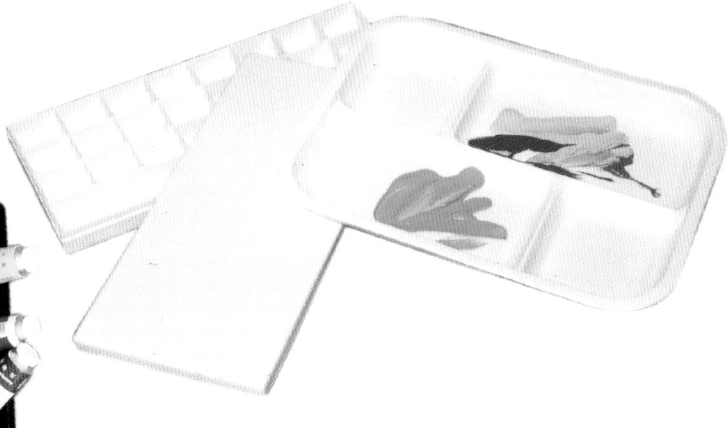

笔触：用笔画画时都要留下运笔的痕迹，这就是笔触。极地美术书法学校的水粉课特别强调笔触的大胆运用。

（1）小笔触

（2）大笔触

《极地水粉课堂》少儿阶段系列丛书，主要技法有干画法和湿画法两种，运用最多的是干画法。在本套书中通过每一节课的练习，同学们就会了解这些画法的特点，体会其中的奥妙，享受成功的快乐。

作画步骤一

提示：A．天空是湖蓝加白的明度变化，草叶是同一色调的明度变化。

B．画天空后画草地，不用换笔，并且保留笔上的颜色，那是因为湖蓝加土黄能变成绿色，正是草地所需要的颜色。

C．无论画天空还是画草地，用大号笔大笔触画很过瘾。

作画步骤二

作画步骤三

第一课　春天的风

（1）用大号笔蘸湖蓝、白起稿画地平线，用大笔触画出有层次感的天空，地平线处白色较多，画面显得有向远方延伸的空间感。

（2）不用换笔，保留笔上画天空的颜色，直接蘸土黄、淡绿，根据需要再蘸些白、湖蓝，笔上虽然有很多种颜色，但仍不需要调太匀，一笔下去，有的地方绿多，土黄多，有的地方白多，草地显得生动又自然。

（3）用深红加煤黑换1号或2号小笔画出树干、树枝，并用柠檬黄加翠绿画出有层次的绿树叶。

（4）多用些柠檬黄加少许翠绿零星点画出更明亮更鲜嫩的树叶，这样看起来更有层次感。画小草时不要用很深的绿色，加些土黄或柠檬黄会更自然。

作画步骤四

教师范画

学生作品

侯东辰　男　6岁

于满君　女　6岁

王一同　女　6岁

朱雨酥　女　6岁

作画步骤一

提示：A．本课花朵是加白的明度变化。
B．请掌握天空和草地的最基本、最简单的画法。
C．请注意一棵大树旁边有一棵小树陪伴，画面要有大小变化才好看。

作画步骤二

作画步骤三

第二课　春天花儿开

（1）有了第一课画天空的经验，相信同学们能更大胆、轻松地画出湖蓝加白的天空，画草地的方法也同第一节课一样没有改变。
（2）请画出树干和小树枝。
（3）用小笔蘸玫瑰红、白点出小花朵。
（4）同一色调的明度不同，使花朵有了深浅变化，显出层次感。

作画步骤四

教师范画

庄晨子　女　6岁

侯东辰　男　6岁

张钰晗　女　6岁

张云佳　女　7岁

作画步骤一

提示：A．普蓝加柠檬黄调出的绿色更鲜明更有层次感，可以在今后经常运用。
B．花朵与花朵之间要有明度对比，每朵花的花瓣也有明度变化，同学们注意到了吗？
C．同学们在自己的画中可以多画几朵花，自由安排它们的位置、姿态。

作画步骤二

作画步骤三

第三课　花

(1) 轻松、大胆地画出明度变化的天空。
(2) 大笔触地画出草地。
(3) 等天空颜色半干时，用手中画完草地的大笔再蘸一些淡黄色画出花蕊来。
(4) 叶子是用普蓝加柠檬黄调出来的，请用稍大一些的笔，非常简练地画出明度有变化的叶子。

作画步骤四

教师范画

学生作品

张竞予　女　5岁

王一同　女　6岁

马东辰　女　6岁

张仓瑞　男　7岁

作画步骤一

提示：A. 淡黄（柠檬黄）加普蓝、淡黄（柠檬黄）加翠绿都可以画出有明度变化的绿色，但要细心观察，都是绿色却有所不同，同学们根据需要进行选择。

B. 请大胆地画一簇花，使自己的画面更饱满更灿烂。

作画步骤二

作画步骤三

第四课　花

（1）画出明亮晴朗的天空，湖蓝要少，白要多，用前几课的方法画出草地。

（2）换干净的中号笔画出花蕊，换干净的小号笔蘸玫瑰红和白画出明度稍亮的第一层花瓣。

（3）两层花瓣深浅有变化。

（4）花蕊的颜色可自由变化。

作画步骤四

教师范画

学生作品

魏含珊　女　8岁

马嘉翼　男　7岁

刘航宇　男　7岁

刘龙起　男　8岁

作画步骤一

提示：A．整幅画面是统一的紫色调，在选择花的颜色时注意色调和谐统一。

B．改变画面的色调自由发挥，自由创作，会画出很有趣的图画。

作画步骤二

作画步骤三

作画步骤四

美术教育

第五课　花

（1）用大号笔蘸白、群青、玫瑰红，不要调太匀，白要多用，画出明亮的、紫色调的天空。

（2）用小号笔蘸普蓝、柠檬黄，先画出花的茎和叶，蝴蝶的外形是用大号笔蘸白色概括画成的。

（3）用点彩法画出明度变化的花朵。

（4）蝴蝶身上的花纹可以自由画，花的明度变化需要进一步调整。

教师范画

学生作品

刘龙起　男　8岁

邬玥莹　女　7岁

吴晓宇　男　6岁

王一同　女　6岁

作画步骤一

提示：A．注意小树之间位置的安排。
　　　B．每朵花的用笔都非常简练。

作画步骤二

作画步骤三

第六课　春天

(1) 用大号笔蘸湖蓝和白，大笔触画出生动自然的天空。不用换笔，用湖蓝、白、淡绿画草地。
(2) 用小号笔蘸红、煤黑画出小树的干和枝。
(3) 用小号笔画出明度变化的小花朵。
(4) 轻轻松松地画出小树叶。

作画步骤四

教师范画

学生作品

王一同　女　6岁

吴和非　女　7岁

张桐瑞　男　6岁

李香依　女　7岁

作画步骤一

提示：A．这节课的草地是由白、玫瑰红、群青、土黄和绿画出来的，与第一课的草地的色彩感觉有所不同。

B．点画树叶时要有层次感，散而不乱。

C．干枯的树枝在画中看起来非常生动自然。

作画步骤二

作画步骤三

第七课　秋高气爽

(1) 用大笔蘸白、玫瑰红和群青画出透明的紫色调的天空。不用换笔，在画天空的颜色中加土黄和淡绿画草地。

(2) 用大笔画大树干，用小笔画树枝。

(3) 第一层的树叶可以颜色稍深一些。

(4) 调整叶子的明度变化，并加上很多枯树枝。

作画步骤四

教师范画

李晟铭　男　6岁

殷若依　女　7岁

张钰晗　女　6岁

吴晓宇　男　6岁

作画步骤一

提示：A．注意湿画法的运用。
　　　B．注意先画树冠，后画树枝，最后再画出明亮的树叶。

作画步骤二

作画步骤三

第八课　秋风扫落叶

(1) 用大号笔蘸群青、玫瑰红、白，水分可稍多。因为要表现阴雨天气，明度可偏暗。

(2) 多蘸白，直接画出几朵云，不用换笔蘸土黄、绿就可以画出草地，之后用中号笔概括地点画出树冠的形状。

(3) 画完树干树枝后再画一遍叶子，体现层次感。

(4) 夸张飘落的叶子，叶脉的颜色可以根据叶子来选择变化。

作画步骤四

教师范画

邬玥莹　女　7岁

于满君　女　6岁

殷若依　女　7岁

吴和非　女　7岁

作画步骤一

提示：A．每朵花都需要用心去安排，有疏密、大小以及颜色的变化。

B．用笔要大胆、轻松，每朵花都充满了灵气、朝气。

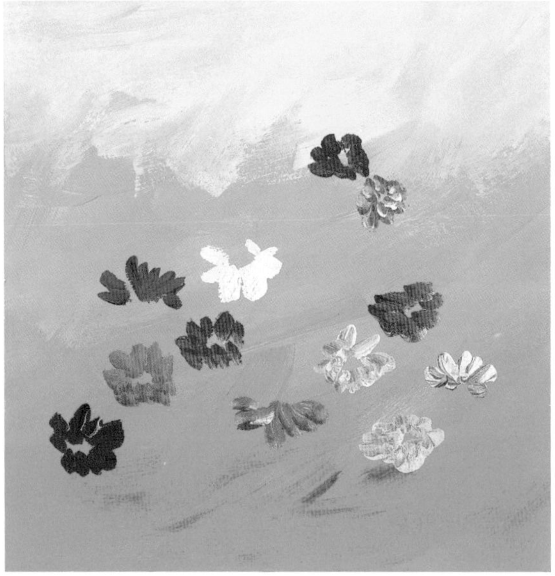

作画步骤二

作画步骤三

第九课　野花盛开

（1）用大号笔，大笔触画出绿色调的背景。

（2）用小号笔画出每朵花的花瓣，用笔要轻松。

（3）先画出花瓣，用深红加煤黑画花蕊，注意花与花之间的位置安排及色彩的搭配。

（4）用小号笔调普蓝和柠檬黄画出变化的花茎和叶子。

作画步骤四

教师范画

学生作品

刘航宇　男　8岁

尚博雯　女　8岁

申　童　男　8岁

王　涵　女　8岁

作画步骤一

提示：A．大胆地画蝴蝶，再画出茎和叶子就变成了蝴蝶花，不要临摹。

B．变成蝴蝶风筝也是一个好想法。

作画步骤二

作画步骤三

第十课　蝴蝶花

（1）画出明亮的背景后，用大号笔选喜欢的颜色画出蝴蝶的外形。

（2）外形画完之后画蝴蝶的肚皮，并调整蝴蝶翅膀的形状。

（3）画出大块的图案。

（4）刻画每个小图案，小细节。

作画步骤四

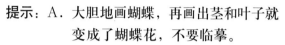

教师范画

学生作品

乔奕聪　女　7岁

李金蒙　女　7岁

于东志　男　7岁

殷若依　女　7岁

作画步骤一

提示：A．几棵树的树冠色彩既有区别又很统一，比如有的偏红、有的偏黄、有的偏绿等。

B．只要在灰色的大山里加上漂亮的颜色，如玫瑰红、群青等，就会使大山有了色彩倾向，美丽而有生机。

作画步骤二

作画步骤三

第十一课　秋

（1）先画天空与小河。不用换笔，蘸煤黑和白调成灰色，没有生机的灰色只要再加一点玫瑰红就会形成紫色，然后再画出草地。

（2）用点彩法画出三棵有不同色彩倾向的树冠。

（3）用小号笔画出白色的树干、树枝。

（4）画完树干树枝后，调整树叶的明度变化，飞舞的落叶要画得轻盈自然、散而不乱。

作画步骤四

教师范画

学生作品

刘龙起　男　8岁

李香依　女　7岁

吴津瑶　女　6岁

郑丹妮　女　7岁

作画步骤一

提示：A．画背景时要大胆用笔，大胆用色，体会每一笔的快乐。

B．花瓶的图案是每位同学都想创作的地方，因此要大胆设计才行。

作画步骤二

作画步骤三

作画步骤四

第十二课　花

（1）用大号笔大笔触地画出背景，颜色有淡绿、中黄、桔红等。

（2）用小号笔蘸煤黑色勾出花瓶的外形，用中号笔画出红色的里层花瓣。

（3）每朵花都要画出有明度差别的第二层花瓣。

（4）大胆设计瓶子上的图案吧！

教师范画

李香依　女　7岁

张桐瑞　男　6岁

乔奕聪　女　7岁

殷若依　女　7岁

作画步骤一

提示：A．请用大号笔大胆画出每朵花，可以自由改变色调。
B．请大胆设计花瓶的图案。

作画步骤二

作画步骤三

作画步骤四

第十三课　花

（1）用大号笔蘸柠檬黄、白、深红、熟褐等画出大笔触的背景。
（2）用较深的颜色勾出花瓶的轮廓。
（3）用大号笔画出有明度变化的两朵大花。
（4）给花瓶设计生动有趣的图案。

教师范画

学生作品

郑丹妮　女　7岁

李金蒙　女　7岁

王一同　女　6岁

王　钊　男　7岁

作画步骤一

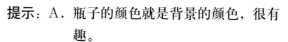

提示：A．瓶子的颜色就是背景的颜色，很有趣。

B．自由创作瓶子的形状，没有更多限制。

作画步骤二

作画步骤三

第十四课　花

（1）用大号笔大笔触画出变化的背景，颜色有湖蓝、中黄、白等。
（2）用小号笔蘸煤黑勾出花瓶的外形轮廓。
（3）勾画出小树枝。
（4）画出梅花的花瓣，颜色有白、玫瑰红、柠檬黄等。

作画步骤四

教师范画

美术教育

尚博雯　女　8岁

刘航宇　男　8岁

胡函博　男　7岁

董　昊　女　7岁

作画步骤一

提示：A．注意运用遮挡关系。
B．自由创作花盆上的图案。

作画步骤二

作画步骤三

第十五课　花

（1）用大号笔大笔触地画出绿色调的背景。
（2）用中号笔画出红色调花盆，并有受光和背光的明度变化。
（3）用中号笔概括地画出每片花瓣。
（4）注意花与花之间有遮挡关系以及色彩的协调对比，用熟褐加红画出背光部分的影子。

作画步骤四

教师范画

学生作品

吴和非　女　7岁

张姊慧　女　6岁

吴晓宇　男　7岁

于东志　男　8岁

作画步骤一

提示：A．可以多画叶子并改变颜色。

B．自由选色运用点彩法画瓶子的色彩，体会自由用色的快乐。

作画步骤二

作画步骤三

第十六课　花

（1）用大号笔画出上下两部分背景，颜色有玫瑰红、白、桔黄、湖蓝等。

（2）用小号笔勾出花瓶的轮廓。

（3）用小号笔蘸煤黑画出枝条和瓶上的线条。

（4）用大号笔两笔画一片叶子，用小号笔点彩的方法点画出瓶上的美丽的色彩。

作画步骤四

教师范画

吴津瑶　女　6岁

张馨元　女　7岁

李金蒙　女　6岁

肇 然 女　6岁

作画步骤一

提示：A．用点彩法画花瓶时，每块颜色的明度变化使花瓶看起来有闪烁的美感。
B．每朵花都与花瓶的颜色相互渗透，看上去有和谐的美感。

作画步骤二

作画步骤三

第十七课　花

（1）请用大号笔画出上下明度变化的红色背景。
（2）用较深的颜色勾出花瓶。
（3）用点彩法将花瓶铺满颜色，并用同样的方法画出每朵花。
（4）完善每朵花，注意花与花之间产生相互遮挡的关系。

作画步骤四

教师范画

学生作品

马嘉翼　男　8岁

王一同　女　7岁

刘龙起　男　8岁

殷若依　女　6岁

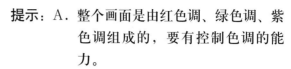

作画步骤一

提示：A．整个画面是由红色调、绿色调、紫色调组成的，要有控制色调的能力。

B．你是否发现老师范画中瓶子上的色彩图案是运用了明度变化的办法呢？

作画步骤二

作画步骤三

作画步骤四

第十八课　花

（1）用大号笔画出上下不同色调的两部分背景。

（2）用小笔勾出像杯子形状的花瓶。

（3）画出瓶子受光部分与背光部分的明暗变化，比如背光部分红色偏多，受光部分黄色偏多，影子的颜色是黑加少许红色。

（4）画出紫色调的明度变化的小花。

教师范画

尚博雯　女　8岁

王一同　女　6岁

郑丹妮　女　7岁

丁珉竹　女　7岁

作画步骤一

提示：A．画出瓶子上的图案，要与整个画面和谐统一。

B．改变色调用同样方法画一幅。

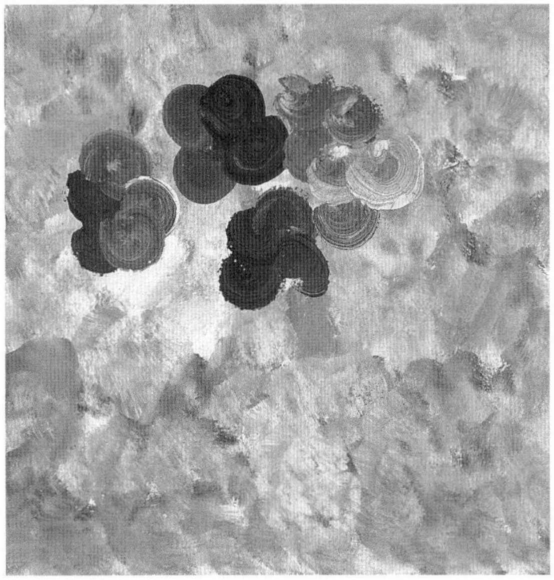

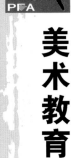

作画步骤二

作画步骤三

作画步骤四

第十九课　花

(1) 用大号笔点彩的方法画出紫色调的背景。

(2) 用中号笔拧出深浅变化的花瓣。

(3) 画出白色的瓶子，可以随意改变它的造型。

(4) 用绿色的枝条将这些花朵轻松地组合在一起。

教师范画

学生作品

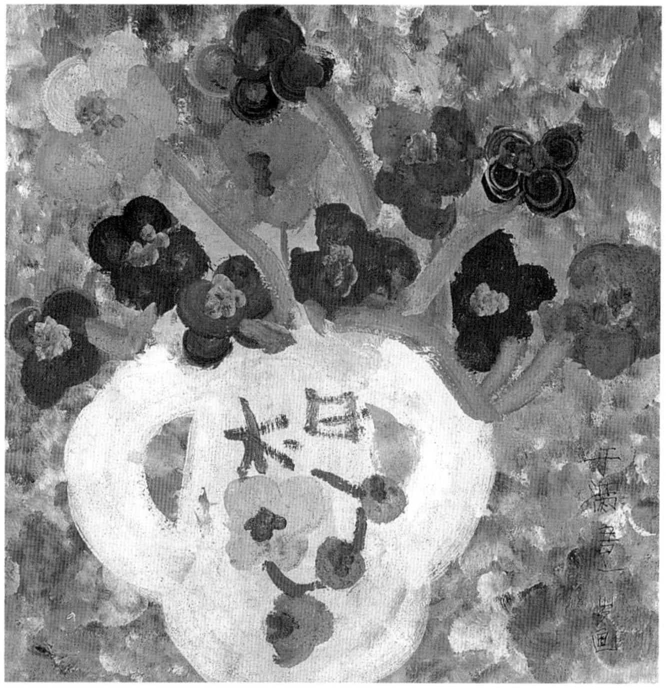

于满君　女　6岁

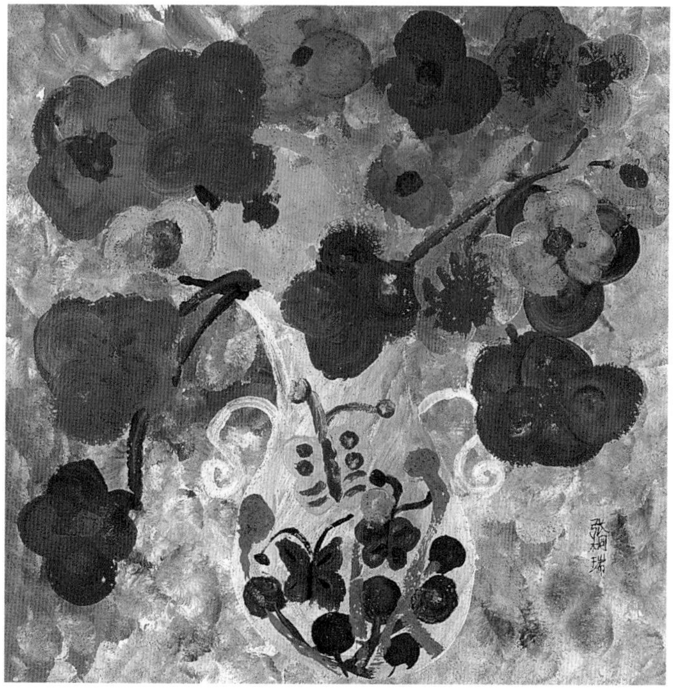

张桐瑞　男　6岁

吴津瑶　女　6岁

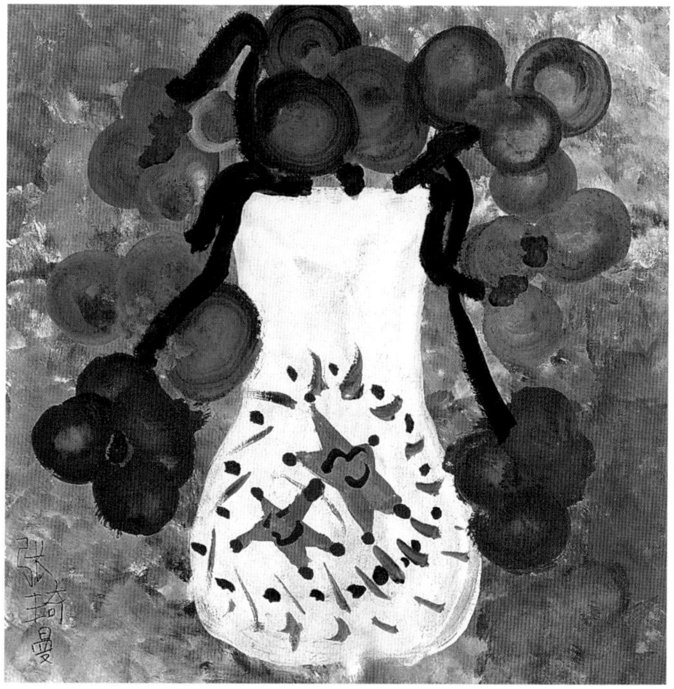

张琦曼　女　6岁

作画步骤一

提示：笨笨的造型以及有趣的两个耳朵，使花瓶看起来就像顽皮可爱的小孩子。请同学们一起来开心地创作这幅画吧！

作画步骤二

作画步骤三

作画步骤四

第二十课　花

(1) 用桔黄、柠檬黄、白画出上半部分有明度变化的背景。
(2) 不用换笔直接蘸玫瑰红、湖蓝等画出下半部分背景，待背景干时，用中号笔画出偏紫色调的花瓶。
(3) 画出小花及大片叶子。
(4) 用小号笔蘸深红、煤黑画出精巧的枝，用煤黑、湖蓝、玫瑰红画出花瓶的影子。

教师范画

殷若依　女　7岁

吴和非　女　7岁

吴津瑶　女　6岁

邬玥莹　女　7岁

作画步骤一

提示：A．整幅画中，暖色的花与冷色的背景很和谐。

B．请同学们尝试将此幅画中暖色的花与冷色的背景进行调换，再画一幅画，一定很好玩，很有趣。

作画步骤二

作画步骤三

第二十一课　花

（1）用大号笔大笔触地画出背景，不用换笔再画出桌子。桌子的颜色有灰色、柠檬黄、玫瑰红等。

（2）等画面半干，用大号笔画出有明度变化的紫色调的花瓶，瓶子的两边稍亮，体现逆光透明的效果。

（3）画每一朵花时都要先画第一层的深色部分。

（4）再画每一朵花的浅色部分。

作画步骤四

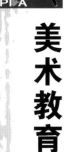

教师范画

学生作品

魏含珊　女　8岁

王翔宇　男　8岁

郑丹妮　女　7岁

董　昊　女　8岁

作画步骤一

提示：参考范画设计花瓶的图案。

作画步骤二

作画步骤三

第二十二课　花

(1) 同第二十一课一样画出明亮的背景。

(2) 不用换笔，再蘸玫瑰红、白画出椭圆形的桌子。

(3) 用小号笔先画出瓶口，再用中号笔蘸群青、白、少许玫瑰红画出右边受光的花瓶。

(4) 花瓶中的花都是由比较柔和的颜色组成的，色调很和谐，用煤黑加群青画影子。

作画步骤四

教师范画

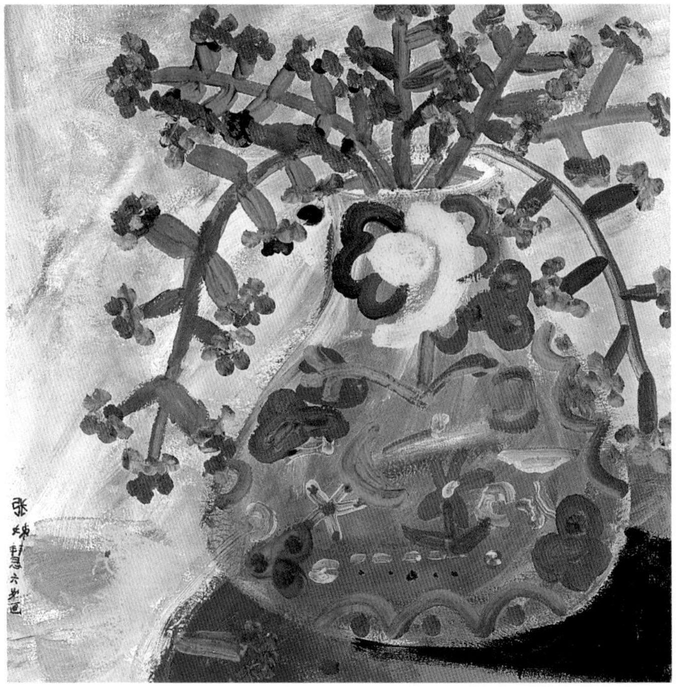

张姊慧　女　6岁

吴津瑶　女　6岁

李金蒙　女　6岁

殷若依　女　7岁

作画步骤一

提示：A．大家了解蓝色与黄色的关系吗？它们是对比色，又是三原色其中的两个颜色，它们调和在一起会变成绿色。

B．蓝色与黄色的合理运用会画出很多美丽的图画，在本册书中经常出现。

作画步骤二

作画步骤三

第二十三课　花

（1）用大号笔画出蓝色调或紫色调的背景，颜色有白、湖蓝、群青、玫瑰红。

（2）画出深颜色的桌面。

（3）待桌面干了以后，用中号笔画中蓝色或紫色明度变化的花盆，黄色调的花与紫色调的花盆及背景既成对比又和谐漂亮。

（4）请同学们大胆设计花蕊和花盆的图案吧！

作画步骤四

教师范画

学生作品

张桐瑞　男　6岁

乔奕聪　女　7岁

郑丹妮　女　7岁

王一同　女　6岁

作画步骤一

提示：A．请注意画面整体色调的和谐统一。

B．请按照花瓶每笔颜色的走向适当设计图案。

作画步骤二

作画步骤三

第二十四课　花

（1）用大号笔蘸白、玫瑰红、柠檬黄、群青等画出上下两部分明亮的背景，并用较浅的颜色勾出瓶子的外形轮廓。

（2）用大号笔蘸各种颜色，将瓶子铺满，用笔方向可以改变。

（3）用大号笔将瓶口、瓶底一笔铺满。请选择与背景、花瓶和谐的颜色画花，并有前后遮挡。

（4）画出花叶、花茎，并根据花瓶每笔颜色的走向，适当进行装饰。

作画步骤四

教师范画

王 钊 男 7岁

王一同 女 7岁

李金蒙 女 7岁

殷若依 女 7岁

作画步骤一

提示：A．画中红绿色调对比鲜明。
　　　B．瓶子上的图案要自由变化。

作画步骤二

作画步骤三

第二十五课　花

(1) 用大号笔画出绿色与黄色并且有明度变化的背景。

(2) 待背景半干时，用小号笔勾出白色瓶子，并用大号笔涂满白色。

(3) 进一步完善瓶子的造型，并画出主要的红色调（暖色调）的叶子。

(4) 用中号笔画出每一朵暖色调并有明度变化的小花，小花要遮挡叶子或花与花之间相互遮挡。

作画步骤四

教师范画

学生作品

李香依　女　7岁

王钊　男　7岁

乔奕聪　女　7岁

吴晓宇　男　7岁

作画步骤一

提示：A．请注意每片叶子的明度变化。
　　　B．请给这个花瓶设计漂亮有趣的图案。

作画步骤二

作画步骤三

第二十六课　花

（1）用大号笔蘸柠檬黄、白、淡绿、桔红等画上部分背景，不用换笔直接蘸玫瑰红等画下部分较深的背景。
（2）用群青加白画出有明度变化的花瓶。
（3）每一片叶子都有明度的变化。
（4）相互遮挡的叶子形成了动感空间。

作画步骤四

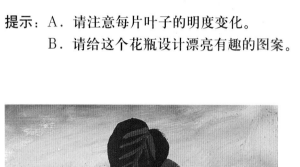

教师范画

学生作品

王　钊　男　7岁

乔奕聪　女　7岁

殷若依　女　7岁

郑丹妮　女　7岁

中国极地美术教育系列丛书
主　编：刘芯芯
极地美术教育研究工作室编著

少儿阶段图书

水粉课堂　1–6册（已出版）
线描课堂　1–6册（已出版）
彩笔课堂
彩铅笔课堂
油画棒课堂
连环画课堂　1–6册（已出版）

专业阶段图书

素描入门
色彩入门
速写入门
高考素描人物
高考素描静物
高考色彩人物
高考色彩静物
高考速写创作

东方神画·极地美术书法学校

沈河校区
地址：沈阳市沈河区万寿寺街20—1号
和平校区
地址：沈阳市和平区和平北大街166号
铁西校区
地址：沈阳市铁西区沈辽东路17号
皇姑校区
地址：沈阳市皇姑区黄河南大街41号
大东校区
地址：沈阳市大东区东顺城街152号
文艺路校区
地址：沈阳市沈河区文艺路86号

网址： www.pfaedu.com